쓰는 기쁨

헤르만 헤세 시 필사집

슬퍼하지 말아요,
곧 밤이 옵니다

쓰는 기쁨

헤르만 헤세
시 필사집

슬퍼하지 말아요,
곧 밤이 옵니다

헤르만 헤세 · 유영미 옮김

🌳 나무생각

우리 인생에서
단 하나의 숭고한 의무

헤세의 글을 처음 읽은 건 중학교 국어 부교재로 구입한
《문장의 기쁨》(반세기도 더 지난 일이라 책 제목은 분명치 않다)
에서다. 그 책에 실린 헤세의 단편 〈나비〉를 읽고, 그게 정
말 좋아서 몇 번이나 되풀이해서 읽었다. 나비 수집에 몰입
한 한 소년이 실수를 저지른 뒤 느낀 죄책감과 회한을 토로
하는 이 작품에 감응해서 나도 무언가를 끼적이던 일이 아
직도 선명하다.

헤세 전집을 구해 밤새워 탐독한 건 한참 뒤의 일이다.
헤세는 소설, 산문, 시, 동화를 쓴 작가다. 내 어린 날 문학
습작기에 장르를 넘나들며 쓰는 대작가 헤세에게서 아무
영감도 받지 않았다고 말할 수는 없다.

헤세의 시 100편을 읽을 수 있다니! 나는 열정에 휩싸여
가슴을 두근대며 100편의 시를 단숨에 다 읽었다. 헤세의

시들이 청춘과 행복의 덧없음, 계절의 순환이 우리 감각에 일으키는 작은 파문, 아름다움과 멜랑콜리에 반응하는 마음의 결을 하나로 아우른다는 점을 새롭게 발견한다. 헤세의 시들은 이성과 감성의 균형, 자연과 인생에 대한 관조, 자연스러운 운율, 언어의 조탁에서 매우 인상적이었다. 고향, 정원, 집, 나무를 노래하는 헤세의 시들은 복잡하거나 어렵지 않고, 사물과 조응하는 천진한 소년의 정서를 고스란히 드러낸다.

흐드러진 꽃들은 지고, 청춘은 빨리 쇠락한다. 만물은 낡고, 시들고, 바스라지고, 부서진다. 거기에는 단 하나의 예외도 없다. 지혜와 미덕은 물론이거니와 가장 아름다운 것조차 조락과 소멸의 운명을 피할 도리는 없다. 남는 것은 만물이 변화한다는 진실과 한 줌의 무상뿐!

"모든 꽃은 열매가 되고/모든 아침은 저녁이 되려 한다/이 세상에서 영원한 건/변화와 무상뿐!"(〈시든 잎〉 중에서)

우리 모두 제 인생에서 때를 맞아 꽃을 피우려고 애쓰지만 영원히 지속되는 것은 아무것도 없다.

"그러니 우리는 유쾌하게 생의 방들을/하나씩 통과해 가야 하리라"(〈생의 계단〉 중에서)

인생이란 영원한 원무(圓舞)! 우리는 사는 동안 쉬지 않고 춤을 춘다. 또한 인생이란 빈약한 기쁨과 가혹한 슬픔, 그리고 기도와 구애와 비탄으로 짜인 피륙이다. 가을 지나면 한파가 몰아치고 빙점 이하의 기온에서 물은 결빙한다. 삭풍에 어린 나뭇가지는 꺾이고 시든 잎들은 우수수 떨어진다.

봄의 훈풍을 그리워하며 방랑하는 자여, 세상이 삭막해도 실존의 불안에 꺾이지는 말자. 결국 이 모든 사태는 지나가고, 밤이 이것들을 삼켜 평정하리라.

"슬퍼하지 말아요, 곧 밤이 옵니다"(〈방랑을 하며〉 중에서)

이 지극한 위로에 울컥하는 마음을 품은 자는 구원을 받을 것이다.

왜 지금 헤세의 시를 읽고 필사해야 하는가? 헤세의 시들이 시대를 넘어서서 운명에 대한 깊은 통찰로 우리 생의 감각을 쇄신하는 까닭이다. 꼼꼼하게 읽어보니, 헤세는 생명과 봄과 소년의 시인, 재에서 불꽃이 솟구치듯 신생하는 시인이다. 봄의 푸른 공기와 새들의 노랫소리를 찬양할 때 헤세의 시적 감성은 더욱 영롱하게 반짝인다. 자, 〈봄이 하는 말〉을 읽어보자.

> "살아라, 자라라, 피어나라/희망하라, 사랑하라/기뻐하라, 새싹을 틔워라/너 자신을 내어주어라/그리고 삶을 두려워하지 마라"(〈봄이 하는 말〉 중에서)

실패와 좌절로 우울이 깊어질 때마다 저녁의 문설주에 근심 많은 이마를 대고 이 시를 읊조리면 위안과 힘을 얻으리라. 불안이 찾아올 때 머리를 수그리고 가만히 생각하자. 별이 지면 그 빈자리에 새로운 별이 떠오른다는 것을! 인생에서 단 하나 숭고한 의무는 우리에게 주어진 별의 순간을 꽉 붙잡아야 한다는 것을!

나무생각의 헤세 시집은 필사를 위한 여백이 있는 책이다. 시를 묵독하는 것을 넘어서서 신체의 전 감각을 집중해서 한 편 한 편 옮겨 적을 수 있다니! 필사란 시의 울림에 감응하며 읽기, 관조하며 읽기, 되새기며 읽기, 시의 자양분을 내 안으로 들이는 행위다. 헤세의 시에서 받은 공감과 위로를 되새기며 필사하는 것은 멋진 경험일 테다. 시를 손글씨로 꾹꾹 눌러 써나갈 때 우리는 오롯하게 삶의 충일감에 도달하고, 분명 시가 주는 위안과 공감 속에서 삶의 충일감과 기쁨이 커지는 것을 경험할 수 있을 테다.

장석주(시인, 문학평론가)

헤세의 마음과 공명하는
귀중한 시간이 되기를

당연한 말이지만, 시를 번역하는 것은 보통의 텍스트를 번역하는 것과는 사뭇 다른 작업이다. 보통은 한번 문장을 만들고 나면 그다지 손볼 일이 없지만 시는 낱말을 자꾸 이리저리 교체해 본다. 왜 이런 단어를 여기에 넣었을까? 왜 이렇게 노래했을까? 저자의 시상을 내 것으로 느끼려 하면서 시상에 가장 맞는 단어를 떠올리려 한다. 산책을 하면서도 자꾸 시를 음미한다. 헤세를 번역하고 있다고 말하면 지인들은 눈을 반짝이며 관심을 보인다. 헤세의 소설을 한 번쯤 손에 들어보지 않은 사람은 적을 터. 그만큼 헤세가 대중적인 작가이며, 특히 한국인들이 사랑하는 작가이기 때문이리라.

간만에 만난 한 친구는 특히나 눈에서 불꽃을 튀기며 헤세의 시 〈시든 잎〉을 줄줄 외워 보였다. 몇 년 전 유럽 여행 때 헤세의 무덤까지 찾아갔었다는 그 친구는, 십 대 시절 힘들었을 때 헤세가 자신의 단 하나뿐인 진정한 친구처럼 느

꺼졌다고 한다. 헤세를 읽으면 '나만 이런 게 아니구나'라는 생각이 들고, 헤세가 "나무가 있는 곳을 걸어 봐. 나도 그랬어. 너도 괜찮아질 거야."라고 말하는 듯하였다고.

대학 도서관에서 헤세 시 전집을 빌려온 날, 헤세가 남긴 수많은 시들을 보면서 헤세의 부지런함에 혀를 내둘렀다. 소설과 산문을 그렇게 많이 쓰고, 시도 이토록 많이 썼단 말인가. 일생을 오롯이 문학에 헌신한 헤세의 열정에 다시 한번 존경심이 느껴졌다.

요즘 주의력을 앗아가는 여러 가지 것들로 시간이 손가락 사이로 숭숭 빠져나간다는 사람이 많다. 모두가 너무나 분주한 시대다. 이런 시대에 고요히 테이블에 앉아 헤세의 시를 필사한다는 건 시대정신을 거스르는 멋진 행위가 아닐까? 시대를 거슬러 느림과 주의 깊음, 마음 챙김으로 나아가는 행위일 것이라 믿는다.

헤세의 시에 몸을 푹 담그고 헤세의 마음과 공명하는 귀중한 시간이 되기를 바란다. 그렇게 위로받고, 헤세처럼, 또 헤세의 시를 좋아했던 많은 독자들처럼 다시 기운을 내서 일상을 살아가기를 바란다.

어느 날 밤 〈편지〉라는 시("달님이 편지지를 비춘다/소리 없이 행 위를 지나는/그 고요한 빛에 내 마음 울컥해/잠도, 달님도, 밤

기도도 잊어버린다")를 번역한 뒤 그만 자려고 불을 껐을 때, 내 방을 들여다보는 환한 달님을 보았다. 달님이 헤세의 방을 들여다본 것처럼 내 방도 들여다보고 있었다. 달님은 늘 있었구나. 내가 달님에게 눈길을 주지 못하고 있었을 뿐. 소중한 것들은 늘 곁에 있는데, 그것들을 발견하는 눈이 없기에 우리 마음이 그렇게 소란하고 삭막해지는지도 모르겠다. 외적인 가치들을 뒤로하고, 내면에 말을 거는 헤세를 만나보길 바란다. 헤세의 눈을 통해 소중한 것들을 다시 깨달으며, 내면을 다독여 보면 좋겠다. 헤세 시를 엮고 번역하는 작업을 하며 무엇보다 즐거웠고, 힘을 많이 얻었다. 이런 기회를 준 나무생각에 깊은 감사를 전한다.

유영미

| 차례 |

1부   뜰 안의 바이올린

2부 시집을 손에 든 친구에게

3부 그는 어둑한 곳을 걸었다

4부   저녁 무렵의 집들

1부

뜰 안의 바이올린

어딘가에

광야 같은 인생길 고달프게 헤매고
무거운 짐을 지고 신음하더라도

어딘가, 거의 잊혀진 그곳에
예쁜 꽃 만발하고 그늘 드리운
시원한 정원이 있음을 나는 알아요

어딘가, 먼 꿈속에
내 영혼의 고향,
단잠과 밤과 별이 기다리는
안식처가 있음을 나는 알아요

Here

흐드러진 꽃들

복숭아꽃 온통 흐드러졌다
꽃이라고 다 열매를 맺지는 않는다
파란 하늘, 흘러가는 구름들 사이로
흐드러진 꽃들이 장밋빛 거품처럼
화사하게 빛난다

생각도 꽃들처럼 피어난다
하루에도 백 번씩 피어난다
피어나라! 그냥 그렇게 흘러가라!
쓸모 따위는 따지지 마라

놀기도 해야 하고
천진난만하게 웃기도 해야 하리니
그다지 쓸모 없는 꽃도 있어야 한다
그렇지 않다면 우리의 세상은 좁디좁아져
사는 재미가 없으리라

혼자서

세상에는
이런 길 저런 길 많이 있지만
목적지는 모두 다 같다

말을 타고 갈 수도, 차를 타고 갈 수도
둘이서 갈 수도, 셋이서 갈 수도 있지만
마지막 한 걸음은 오롯이 혼자서 가야 한다

그러므로 아무리 어려운 일이라도
혼자서 해내는 것보다
더 나은 지혜나 능력은 없으리라

행복

모든 좋은 것들이 그대의 것일지라도
그대가 행복을 계속 좇는 한
그대는 아직 행복을 누릴 준비가 되지 않았다

그대가 잃어버린 것을 애석해하고
목표를 좇으며 애달파하는 한
그대는 아직 평화가 무엇인지 모른다

바라는 것 모두 내려놓고
목표도 욕심도 없이
행복이라는 말을 더는 들먹이지 않을 때

그때야말로 세상일의 여파가
더 이상 마음에 미치지 않고
그대의 영혼은 안식하게 되리라

Herr

Mein Leben ist nur kurzes Kind,
bei Kraft in meinem Dorfe sind,

Rand des Dorfes steht der Tod.

안개 속에서

이상하여라, 안개 속을 거니는 것은!
모든 덤불과 돌은 고독하고
나무들도 서로를 보지 못한다
모두가 혼자다

내 삶이 아직 환하였을 때는
세상이 친구로 가득했지만
이제 안개가 내리니
그 누구도 보이지 않는다

사람을 모든 이로부터 슬며시 갈라놓는
저 어둠을 깨닫지 못한다면
정녕 지혜롭다 할 수 없으리

이상하여라, 안개 속을 거니는 것은!
인생은 고독한 것
사람들은 서로를 알지 못한다
모두가 혼자다

여행의 노래

태양아, 내 가슴을 환히 비추어다오
바람아, 내 걱정과 근심을 날려다오
이 땅에서 멀리 떠나는 것보다
더 깊은 희열을 나는 알지 못하네
평원을 향해 나아가노라면
태양은 내 살갗을 그을게 하고
바다는 서늘하게 식혀주리라
지상의 생명을 느끼기 위해
모든 감각을 한껏 열리라
그렇게 모든 새날은 내게
새로운 친구와 형제들을 보내주리라
내가 모든 힘을 온전히 찬미하고
모든 별의 손님이자 친구가 될 수 있을 때까지

시든 잎

모든 꽃은 열매가 되고
모든 아침은 저녁이 되려 한다
이 세상에서 영원한 건
변화와 무상뿐!

가장 아름다운 여름조차
언젠가는 가을이 되고 시들어 간다
잎사귀야, 바람이 너를 낚아채 가려 하거든
꾹 참고 가만히 있으렴

네 유희를 계속하며 저항하지 마라
가만히 그저 내버려두어라
바람이 너를 떨어뜨려 집으로
실어가게 하려무나

떠밀려 가는 나뭇잎

내 앞에서 시든 잎 하나가
바람에 떠밀려 간다
방랑도, 청춘도, 사랑도
다 제때가 있고 마지막이 있다

숲이나 늪에 떨어져 멈출 때까지
나뭇잎은 궤도도 없이
바람이 부는 대로 헤맨다
나의 여행은 어디에서 멈출까

흰 구름

오, 보세요
잊고 있던 아름다운 노래의
나직한 멜로디처럼
푸른 하늘에 흰 구름 두둥실 떠가네요
방랑의 모든 아픔과 기쁨을
알지 못하는 가슴은
저 구름을 이해하지 못할 거예요
나는 태양과 바다와 바람처럼
저 흰 구름을,
한곳에 머물지 않는 흰 구름을 좋아해요
고향 없이 떠도는 사람들에겐 저 구름이
누이이고 천사들이니까요

Heine

꽃가지

꽃가지 쉼 없이
바람결에 이리저리 휘둘린다
내 마음도 쉼 없이
어린애처럼 오르락내리락 흔들린다
맑은 날과 흐린 날 사이를
의욕과 체념 사이를 쉼 없이 오간다

바람결에 꽃잎 다 날아가 버리고
가지에 열매 매달려
웬만한 바람 불어도 가만히 있게 될 때까지
어린애 같은 마음이 가라앉고
평온을 찾을 때까지
살아보니 정신없이 흔들리던 인생도
놀이처럼 즐거웠다고
결코 헛되지 않았다고 고백할 때까지

가을의 나무

나의 나무,
싸늘한 시월의 밤과 필사적으로 싸우네
초록 옷을 좋아하는 나의 나무,
그 옷을 벗어야 하는 건 정말 괴로운 일이지
행복한 계절 내내 입고 있던 초록 옷을
계속 입을 수 있다면 얼마나 좋을까
또다시 밤, 또다시 추운 날
나무는 지쳐서
더는 싸우지 못하고
낯선 힘이 자신을 완전히 제압할 때까지
팔다리를 늘어뜨리고 몸을 맡기네
이제 황금빛으로 웃음 짓는 나의 나무,
파란 하늘 아래 행복하게 쉬네
기진하여 죽음에 스스로를 내어주었기에
가을, 그 부드러운 가을이 그를
새로이 멋지게 꾸며주네

위안

기나긴 세월 살아왔지만
간직할 그 무엇도
즐거워할 그 무엇도
아무런 의미도 남지 않았다

세월은 수많은 모습들을
나에게 실어다 주었지만
어느 것 하나 붙들어 둘 수 없었고
어느 것 하나 사랑스럽게 남지 않았다

하지만 그런 것들이 내게 없다 해도
내 마음은 신기하게도
그 모든 시간을 뛰어넘어
삶의 정열을 깊이 느끼고 있다

이 정열은 의미도 목표도 추구하지 않으나
가깝고 먼 모든 것을 알며
놀이하는 어린애처럼
순간을 영원으로 만든다

Heine

ein krankes Kind,
seinen Vetter flieht,
Vetters steht der Tod.

이별

저 아래서 기차가 기적을 울리며
푸른 대지를 가로지른다
내일, 내일이면 나도 떠날 것이다
실수로 꺾은 마지막 꽃들이
내가 떠나기도 전에 벌써 시들어 간다

이별한다는 것은 내가 사랑했던 작은 땅에
쓰디쓴 잡초가 자란다는 것
내가 공들여 가꾼 그 어떤 장소도
고향이 되지 못하고
평화를 주지도 못한다는 것

고향은 내 마음속에 만들어야 하리라
다른 모든 고향은 빠르게 시들고
내가 사랑을 주었던 모두가
머지않아 나를 홀로 남겨둘 테니

나의 마음 깊숙한 곳에 품은 싹이
매일 남모르게 조금씩 자란다

그것이 여물면
나는 온전히 고향에 있으리라
그때가 되면 영원히 멈추지 못하는
진자 운동도 쉬리라

책

이 세상 그 어떤 책도
그대에게 행복을 주지는 못하리라
하지만 그대를 살며시
그대 자신에게로 돌려보내 주리라

그대에게 필요한 모든 것이
그대 안에 있으리라
해와 달과 별
그대가 구하는 모든 빛이
그대 안에 있으리라

그대가 오랜 시간 찾아다니던 지혜가
지금 모든 페이지에서 반짝이고 있으니
이제 그 지혜는 그대의 것이 되리라

겨울날

오, 햇빛이 오늘 얼마나 아름답게
눈 속에서 스러져 가는지 보세요
오, 저 먼 곳은 부드러운
장밋빛으로 달아올라요
하지만 여름, 여름은 아니에요

내 노래는 매시간 그대에게 말을 걸어요
먼 곳에 있는 신부의 모습을 한 그대여
오, 그대의 우정이 내게 얼마나 부드럽게
빛을 발하는지요
하지만 사랑, 사랑은 아니에요

우정의 달빛은 오래 피어나야 하죠
그대와 하늘이, 산과 호수가
이글거리는 여름의 사랑으로 달아오를 때까지
난 눈 속에 오래 서 있어야 해요

Heine

금언

그대는 모든 것의
형제자매가 되어야 하리라
모두가 그대에게 완전히 스며들어
내 것과 네 것 구별할 수 없도록

어떤 별도, 어떤 잎도 지지 않으리라
그대 역시 그들과 함께 지더라도
그 모두와 함께 매시간 부활하리라

젊음의 초상에게

전설처럼 아득한 옛날로부터
젊을 적 내 모습이 나를 바라보며 묻네요
한때 그리도 환하던 빛이
아직도 조금쯤 빛나고 있냐고
아직도 조금쯤 타오르고 있냐고

그때 내 앞에 놓여 있던 길
그 길은 내게 많은 고통과 어둠,
쓰라린 변화를 가져왔으니
그 길을 다시 걷고 싶지는 않아요

하지만 난 내 길을 성실하게 걸어왔고
그 기억을 값지게 생각해요
그르친 일도 많고, 잘못한 일도 많지만
그래도 그 길을 후회하지는 않아요

4월의 저녁

푸르름과 복숭아꽃,
제비꽃과 붉은 포도주
아, 어찌 이리 피었을까, 어찌 이렇게 빛날까
그 불이 내 안으로도 당겨진다

느지막이 집에 돌아와
창가에 오래 서 있으니
꿈꾸던 것이 다가오는 게 느껴져
가슴이 터질 듯하다

이 생명과 충만함 앞에
내 마음이 떨린다
이 마음을 어디에 두어야 할까
사랑하는 이여, 그대에게 주노라

뜰 안의 바이올린

멀리 어두운 계곡들에서
지빠귀 울음소리 달콤하게 들려오네
내 가슴은 말없는 고통 속에서
날 밝을 때까지 떨며 귀 기울이네

달빛 반짝이는 내내
내 그리움도 깨어 있으리니
숨겨둔 상처가 괴로워
새까만 밤으로 피를 흘리네

뜰 안의 바이올린
현 긁는 소리가 애절하게 올라오니
깊은 노곤함이 구원처럼 밀려드네

저 아래 뜰에서
부드럽고 아련하게 노래하는
낯선 연주자여
내 모든 그리움을 담은 노래를
당신은 어디서 찾아냈나요

Here

달아나는 청춘

고단한 여름이 고개를 떨구고
호수에 비친 제 빛바랜 모습을 들여다봅니다
나는 먼지를 뒤집어쓴 채
가로수 길 그늘을 고단하게 걸어갑니다.

미루나무 사이로 바람이 수줍게 지나갑니다
내 뒤로는 붉게 물든 하늘이 있고
내 앞으로는 저녁의 불안과 여명
그리고 죽음이 있습니다

나는 먼지를 뒤집어쓴 채 고단하게 걸어갑니다
내 뒤에서는 청춘이 엉거주춤 멈춰 서더니
그의 아름다운 고개를 떨굽니다
더 이상 나랑 같이 가지 않으려 합니다

괴로움을 안고

쮄 바람이 불 때마다
엄청난 굉음을 발하며
산사태를 일으키는 건
신의 뜻일까?

내가 아는 이도 없이
낯선 이 땅을 헤매는 건
신의 인도일까?

고통 속에서 떠도는 나를
신은 보고 있을까?
ㅡ아, 신은 죽었다!
그래도 나는 살아야 할까?

Herve

생의 계단

모든 꽃이 시들듯이
모든 젊음이 늙음에 길을 비켜주듯이
생의 모든 단계도
모든 지혜와 모든 미덕도
자기의 때에 꽃을 피우나
영원히 지속되지는 않으리라

생의 모든 부름에서
마음은 이별과 새로운 시작을 준비해야 한다
그래야 슬퍼하지 않고 용기 있게 또 다른 구속에
스스로를 내줄 수 있으리라

모든 시작에는 신비한 힘이 깃들어 있어
우리를 지켜주고 살아가게 한다
그러니 우리는 유쾌하게 생의 방들을
하나씩 통과해 가야 하리라

어느 방에도 고향처럼 마음을 두지 말아야 한다
우주의 정신은 우리를 얽매거나 속박하지 않고
한 단계 한 단계 고양하고 넓혀가리라

안주하면 게으르고 무력해질 뿐이니
길 떠날 준비가 되어 있는 자만이
우리를 무력하게 만드는 익숙함에서 벗어나리라

어쩌면 죽음의 시간마저도
새로운 장소를 향해 즐거이 나아가리라
우리를 향한 생의 부름은 결코 멈추지 않으리라
그러니 마음이여
작별을 고하고 건강하여라

둘 다 같다

젊을 적에는 내내
쾌락을 쫓아다녔고
그 뒤에는 우수에 잠겨
고뇌와 아픔에 매여 지냈다

이제 고통과 즐거움이
온전히 형제가 되어 내게 스며 있다
좋게 다가오든 힘들게 다가오든
둘은 하나가 되어 버렸다

신이 나를 지옥같이 힘든 길로 이끌든
밝은 천국과 같은 길로 이끌든
그의 손길을 느끼는 한
그 둘은 같다

잃어버린 소리

그 옛날 어린 시절에
초원을 따라 걸을 때였어
아침 바람 속에 노래가 조용히 실려왔지
파란 공기 속의 멜로디
아니, 그건 꽃향기였어
그 향기는 달콤했고
내 어린 시절 내내 들려왔어

그 뒤 까맣게 잊고 살았는데
요즘 들어 말이야
내 가슴속에서 다시
그 향기가 슬그머니 울려 퍼지고 있어
그 향기, 그 울림
그러자 어떻게 되었는지 알아?
이젠 온 세상이 아무래도 좋아
이 세상의 행복한 자들과
내 운명을 바꾸고 싶지도 않아

그냥 가만히 서서
귀 기울이고 싶을 뿐이야

Herve

향기 나는 소리들이 어떻게 흐르는지
그것이 정말 옛날의 그 울림인지
귀 기울이고 싶을 뿐이야

충고

아니란다, 얘야
나는 내 길을 계속 갈 테니
너는 홀로 길을 찾아가렴
내 길은 멀고 험하니
가시덤불과 칠흑 같은 밤
고통을 통과해야 한단다

차라리 다른 사람들과 저편으로 가렴
그 길은 잘 닦여 있고 많은 사람들이 다니잖니
나는 계속 내 고독 속에서
외로이 기도를 올려야 한단다

내가 산 위에 선 것을 보거든
내게 날개가 있다고 부러워하지 마라
너는 내가 높은 곳에 있다고 생각하겠지만
그 산은 그저 언덕에 불과하다는 것을
나는 알고 있단다

2부

시집을 손에 든 친구에게

봄

그가 다시 성큼성큼 흙길을 걸어온다
폭풍이 걷힌 산 아래로
그 아름다움 다가오는 곳에
다시 사랑스런 꽃이 부풀어 오르고
새들의 노래 피어난다

다시 그가 나의 오감을 유혹한다
이렇듯 부드럽게 피어나는 순수함 속에 있으면
내가 손님으로 온 이 땅이
내 것 같고 사랑스런 고향 같다

참 아름다운 것

세상에는 아름다운 것이 있어요
결코 질리지 않고 늘 위로와 생기를 주는 것
늘 신의를 지키는 것
늘 새로운 눈으로 볼 수 있는 것이죠
멀리 건너다보이는 알프스 산등성이의 자태
푸른 바닷가의 고요한 오솔길
바위 위로 솟구쳐 흐르는 시냇물
어둠 속에서 노래하는 새
꿈결에 웃는 아이
겨울밤의 별빛
고원의 목장과
만년설에 둘러싸인 맑은 호수 위의 석양
울타리 너머에서 들려오는 노랫소리
산책하는 이들과 나누는 인사
어린 시절의 향수
늘 깨어나는 잔잔한 그 슬픔은
밤새 아릿하게 옥죄였던
당신의 마음을 풀어주고
별 너머의 아름답고 희미한
멀고도 그리운 나라를 당신에게 선물해 줍니다

방랑자의 숙소

얼마나 낯설고 신기한지요,
시원한 단풍나무 그늘에 안겨
밤마다 쉬지 않고 샘물이 흐르는 것은!

한 조각 그윽한 향기처럼
달빛이 살포시 박공 위에 내리고
서늘하고 어두운 대기를 뚫고
구름 떼 가벼이 날아가요

모든 것은 변함이 없지만
우리는 하룻밤을 묵고
다시 먼 땅으로 떠나요
우릴 기억해 주는 이 아무도 없는
방랑의 길을 떠나요

아마 여러 해가 지나
꿈속에서 그 샘물이 떠오르겠지요
그 문과 박공도
옛 모습 그대로 떠오르겠지요
앞으로도 오래오래

그리운 고향처럼 빛을 발하겠지요
잠시 머물렀다 가는 낯선 지붕이지만,
도시도, 도시의 이름도
더 이상 알지 못하지만

얼마나 낯설고 신기한지요,
시원한 단풍나무 그늘에 안겨
밤마다 쉬지 않고 샘물이 흐르는 것은!

나는 별이다

나는 창공에 뜬 별,
세상을 내려다보며 경멸하고
제 열기에 속이 새까맣게 타버린다

나는 밤마다 사납게 폭풍이 이는 바다,
묵은 죄에 새로운 죄를 쌓아올리며
무거운 죄로 탄식한다

나는 당신들의 세상에서 추방당한 자,
자만심으로 자라고 자만심에 속은
나라 없는 왕이다

나는 말 없는 정열,
화덕 없는 집에서, 칼 없는 전쟁에서
제풀에 지쳐 병이 들었다

힘든 시간을 보내는 친구들에게

아무리 힘든 시간일지라도
사랑하는 친구들아, 내 말을 들어주렴
기쁠 때든 슬플 때든
나는 삶을 탓하지 않으리라

해가 뜨는 것도, 비바람이 치는 것도
다 같은 하늘이 보여주는 표정이니
달콤하든지 쓰든지 운명은 내게
사랑스런 양식이 되리라

마음은 뒤엉킨 길을 가므로
마음의 언어를 읽는 것을 배워야 하리니
오늘 고통으로 다가온 것을
내일은 은총으로 찬미하게 되리라

믿지 않는 사람들은 죽어갈 테지만
믿는 이들은 높은 곳에 있든 낮은 곳에 있든
신이 깊은 의미를 길어 올리도록
가르침을 주리라

Henri

마지막 계단에 이르러
신의 자비로운 부름을 받아
하늘을 볼 수 있을 때에야
우리는 비로소 안식을 누리게 되리라

들판 위로

하늘 위로 구름이 떠가고
들판 위로 바람이 지나가며
들판 위로 내 어머니의
잃어버린 아들이 방랑한다

길 위로는 잎들이 흩날리고
나무 위로는 새들이 우짖는다
저 산들 너머 머나먼 어딘가에는
내 고향 있으리라

화가의 기쁨

밭은 곡식을 내지만 돈이 든다
들에는 남모르게 가시철조망이 둘러쳐지고
본능과 욕심이 늘어선 탓에
모든 것이 썩고 담으로 막혀 있다

하지만 여기 내 눈 속에는
다른 만물의 질서가 있다
보라색이 스러지면 진홍색이 등극한다
나는 그들의 천진난만한 노래를 따라 부른다

노랑이 노랑과 어우러지고
노랑이 빨강과 어우러지고
서늘한 파랑에 분홍빛이 감돈다
빛과 색은 세상에서 세상으로 날아다니며
사랑의 물결을 이루어 높아졌다 잦아든다

모든 병든 것을 치유하는 정신이 지배하며
새로 터진 샘물에서는 푸르름이 울려 퍼진다
세계는 새롭고 뜻깊게 분할되니
마음 또한 즐겁고 밝아진다

Herr

구름

구름이 고요한 배처럼
내 위로 지나가면서
부드럽고 경이로운 색채의 베일로
나를 어루만진다

푸른 대기에서 피어오른
고운 빛깔의 세상
신비한 매력으로
자꾸만 나를 사로잡는다

지상의 모든 것으로부터 해방되어 반짝이는
맑고 가벼운 저 포말들
어쩌면 오염된 땅이 그리는
아름다운 고향의 꿈이 아닐까

마을의 저녁

목동이 양들을 몰고
조용한 골목으로 사라지면
집들은 잠이 들려는지
꾸벅꾸벅 좁니다

이 시간 나는 이 마을의
유일한 이방인
나의 가슴은 슬픔에 젖어
그리움의 술잔을 남김없이 들이켭니다

내가 지나는 길에는
어디나 난롯불이 타오르건만
오직 나만이
고향도 조국도
느껴보지 못했습니다

아름다운 시간

뜰에 열린 딸기가 물이 올라
달콤하고 진한 향기를 풍긴다
나는 기다려야 할 것만 같다
이 초록 뜰을 가로질러 내 어머니가
곧 오실 것만 같고
나는 아직 어린 소년 같다
놓치고 그르치고 게을리하고
잃어버린 모든 것이 꿈인 것만 같다
평화로운 뜰,
풍요로운 세상이 아직 내 앞에 놓여 있다
모든 것이 내게 주어지고
모든 것이 내 것 같다
나는 홀린 듯 서서
한 걸음도 내딛지 못한다
딸기 향기 날아가고
내 아름다운 시간도 함께 날아가 버릴까 봐

가을비

아, 가을비가 온다
산들은 잿빛 너울을 쓰고
늦가을 나뭇잎들은 지쳐서 축 늘어졌다
쇠약해진 한 해는 이별을 힘겨워하며
김 서린 창을 기웃거리고 있다
너는 물이 뚝뚝 떨어지는 젖은 외투를 입고
추위에 떨면서도 밖으로 나가리라
숲 저편에서는 단풍잎들 사이로
잠에 취한 두꺼비와 도롱뇽이 비틀비틀 걸어 나오고
빗물은 그칠 줄 모르고
길 아래로 졸졸졸 흐르다가
무화과나무 옆 풀밭
참을성 많은 웅덩이들에 고인다
골짜기의 교회 종탑에서는
머뭇거리던 종소리가
막 무덤에 드는 마을의 한 주민을 위하여
뎅그렁뎅그렁 고단하게 울린다
그러나 사랑하는 이여, 슬퍼 마라
무덤에 드는 이웃을,
떠나버린 여름의 행복을,

Here

지나가 버린 젊은 날의 축제들을!
모든 것이 경건한 추억 속에서 지속되고
이야기로, 모습으로, 노래로 간직되리니
더 귀한 새옷을 입고 돌아올
귀환의 축제를 영원히 준비하리니
너는 간직하고 변화하는 것을 도우라
그리하면 너의 가슴에 꽃이,
신실한 기쁨의 꽃이 피어나리라

산속의 하루

노래하라 내 마음아, 오늘은 네 시간이다!
내일, 내일은 죽어서 누워 있으리라
별들이 빛나도 보지 못하고
새들이 노래해도 듣지 못하리라
노래하라 내 마음아,
너의 덧없는 시간이 타오르는 동안에!

태양은 별처럼 반짝이는 눈 위에서 미소 짓고
구름은 멀리 계곡 위를 화환처럼 빙 두른 채 쉬어간다
모든 것이 새롭고 모든 것이 빛난다
어떤 그늘도 마음을 짓누르지 않고
어떤 걱정도 힘겹지 않다
상쾌한 호흡은 축복이고, 기도이고 노래라네
호흡하라 내 영혼아, 태양을 향해 너를 활짝 열어라
너의 덧없는 시간이 타오르는 동안에!

삶은 달콤한 것
기쁨과 아픔도 달콤하다
바람에 흩날리는 눈송이마다 환희에 넘치고
나 또한 환희에 넘친다

나는 창조의 심장,
이 대지와 태양의 사랑받는 아이
웃고 있는 한 시간,
눈송이가 바람에 흩날려 사라질 때까지

노래하라 내 마음아, 오늘은 네 시간이다!
내일, 내일은 죽어서 누워 있으리라
별들이 빛나도 보지 못하고
새들이 노래해도 듣지 못하리라
노래하라 내 마음아,
너의 덧없는 시간이 타오르는 동안에!

늙어간다는 것

젊은이들이 좋아하는
모든 시시껄렁한 것들을
나도 떠받들었지
곱슬머리, 넥타이, 투구와 칼
그리고 무엇보다 여자

그러나 이제야 확실히 알겠다
나 이제 늙은 소년이 되어 보니
이 모든 것들을 더 이상 소유하지 않는 것
그런 노력이 얼마나 현명한 것인지
이제야 확실히 알겠다

리본과 곱슬머리는 금방 사그라지고
온갖 매력들도 곧 그렇게 되리라
그 밖에 내가 얻었던 것들
지혜, 미덕, 따뜻한 양말
아, 이 모든 것들도 곧 사그라지리라
그러면 이 세상도 싸늘해지겠지

나이 든 이들에게 소중한 것은

Here

따듯한 난로와 부르고뉴산 와인
그리고 마지막으로 편안한 죽음—
그러나 오늘 당장은 아니고 나중에!

방랑을 하며
-크눌프를 생각하며

슬퍼하지 말아요, 곧 밤이 옵니다
밤이 오면 우리는 빛바랜 땅 위로
서늘한 달님이 살포시 웃어주는 것을 바라보며
서로 손을 잡고 쉴 거예요

슬퍼하지 말아요, 곧 때가 옵니다
때가 오면 쉬게 될 거예요
우리의 작은 십자가 두 개가 나란히
밝은 길가에 서 있을 거예요
비가 오고 눈이 오고
바람이 오갈 거예요

Herne

회복

오랜 시간 나의 눈은 피곤했고
도시의 매연으로 불안하고 침침했습니다
이제 나는 소스라치게 깨어나
모든 나무가 축제를 베풀고
모든 뜰이 꽃을 피우는 것을 봅니다

다시 어린 시절에 본 것처럼
아득한 곳에서 천사들이
새하얀 날개를 펼치는 모습이
반갑게 아른거리고
하느님의 두 눈이 가까이에서
푸르게 아른거리고 있습니다

재의 수요일 아침

오, 이렇게 잘 잤던 적이 있을까
침대도 없고 베고 잘 것이라곤
금발머리 여자 광대의 뾰족한 모자뿐인데

내 방은 바람 한가운데 서서
얼어붙은 보리수나무
나는 그 딱딱한 줄기를 베고 누워
아주 부드러운 꿈을 꾸었지

잠에서 깨어 생각하니 새삼 기쁘다
불쌍하고 어리석은 광대에게
어쩌면 이다지도 행복한 모험이
과분하게 일어날까

정처 없이 걷기

숲에는 천리향 꽃이 피고
도랑에는 아직 눈이 남아 있어요
그대가 오늘 써 보낸
짧은 편지에 마음이 아픕니다

나는 나무를 깎아 지팡이를 만들어요
콧대 높은 처녀들이
사랑에 등 돌리지 않는 곳을,
다른 나라를 알거든요

숲에는 천리향 꽃이 피고
어떤 편지도 내 마음을 아프게 하지 않아요
그대가 써 보낸 편지는
저 밖 호수 위,
저 밖 보덴호수 위에서 둥둥 떠다닙니다
그래요, 저 밖 호수 위에서요

여름 산책

잘 여문 이삭 줄기,
너른 황금빛 바다가
바람에 일렁인다
말편자 박는 소리와 낫 만드는 소리가
멀리 마을로부터 들려온다

무덥고 짙은 향기가 풍기는 시절,
태양의 열기에 몸을 떨면서
황금빛 물결들이 벌써 무르익어
베일 채비를 갖춘다

정처 없이 떠돌며 순례하는 이방인,
나는 추수꾼이 낫을 들고 다가올 때
잘 여물어 베일 준비 되어 있을까

전쟁 4년째에

비록 저녁은 춥고 서글프며
비는 하염없이 내리고
누가 들어줄지 알 수 없다 하여도
나는 나의 노래를 부를 거예요

세상은 전쟁과 공포로 숨죽이고 있지만
어떤 곳에서는
다른 사람들이 알든 모르든
남몰래 사랑이 타오르고 있을 거예요

Herve

자작나무

어느 시인의 꿈 넝쿨이
이보다 더 잘게
가지를 뻗고
이보다 더 가볍게
바람에 몸을 굽힐 수 있고
이보다 더 고고하게
푸른 하늘로 치솟아 오를 수 있으랴

너는 밝고 긴 가지들을
숨결 하나에도 예민하게 반응하도록
조심스럽게 드리우고 있구나
여리고, 젊고, 날씬하게

너는 섬세한 떨림으로
가만가만 부드럽게 흔들리며
여리고 순수했던 젊은 날의
사랑의 초상이 되어주는구나

예술가

오랜 세월 뜨거운 열성으로 작업한 것이
시끄러운 시장에 전시되어 있다
사람들은 가볍게 스쳐 지나가면서
웃고, 칭찬하고, 좋다고 한다

세상이 웃으며 내 머리에 씌워주는
이 기쁨의 월계관이
나의 생명력을, 나의 빛을 다 삼켜버린 것을
아무도 알지 못한다
아, 나의 희생이 쓸데없는 것이었음을
누가 알까

가을 소풍

가을 해는
저녁을 향해 기울고
호수는
금속처럼 반짝인다

봉우리는
하얀 얼음처럼 반짝이고
산바람은 가지에서
잎들을 쓸어간다

바람과 햇살에
눈을 제대로 뜰 수 없는데
머나먼 과거의
기억이 말을 걸어온다

젊은 시절
여기저기 쏘다니던 즐거움이
멀리, 아주 멀리서
밀려온다

시집을 손에 든 친구에게

아주 오래전 젊을 적부터
내 마음을 움직이고 기쁘게 했던
모든 덧없는 것들,
사색과 몽환 속에
기도와 구애와 비탄 속에
다채롭게 흩어져 있던 것들,
너는 이 시집에서 그것들을 되찾게 될 것이다
바람직한 것인지, 쓸모 있는 것인지
너무 진지하게 묻지는 말고
그저 이 오래된 노래들을 다정하게 들어주렴

한동안 과거에 머무는 게 허락되니
우리 나이 든 사람들에게는
이만한 위안이 있을까
이 많은 시구 뒤에는
한때는 아주 소중했던
한 인생이 피어나 있다
왜 그리 보잘것없는 일에 매달렸냐고 따져 물으면
우리는 아마 그렇게 살았기에
오늘밤 하늘로 날아오를 비행사들보다

군인, 그 가련한 피투성이 무리들보다
이 세상의 어떤 대단한 사람들보다
인생의 짐을 더 가볍게 질 수 있었다 말할 것이다

신년 메모를 앨범에 끼우며

하루하루 무던하게
작은 행복을 길어 올리자
기쁨의 순간들을 모아
즐거운 기억의 금빛 그물망을 짜자

매시간 순전한 현재의 빛 속에
오롯이 잠기되
전체의 아름다움에서도
시선을 떼지 말자
그리한다면 영원히 젊은이로 남으리라

저녁 파티

초대받은 저녁
이유는 알지 못했다
홀은 다리가 날렵한 신사들로
북적였다
명성이 자자한 신사들이었다
어떤 이는 드라마를
어떤 이는 소설을 쓴다 했다
경박한 몸짓에
어찌나 목청껏 소리를 높이던지
나도 작가라 말하기가
창피했다

가지 잘린 떡갈나무

나무야, 얼마나 가지를 잘라냈는지
너무나 낯설고 이상한 모습이구나
어떻게 수백 번의 고통을 견뎠을까
너에게는 이제 반항과 의지만 남았구나
나도 너와 같다
가지는 잘려나가고 고통스런 삶을
차마 끝내지 못하고 야만을 견디며
매일 이마를 다시 햇빛 속으로 들이민다
내 안의 여리고 부드러운 것을
이 세상은 몹시도 경멸했지
그러나 누구도 내 존재는 파괴할 수 없다
나는 자족하고 타협하며
수백 번 가지가 잘려나가더라도
참을성 있게 새로운 잎을 낸다
그 모든 아픔에도 이 미친 세상을
여전히 사랑하기에

3부

그는 어둑한 곳을 걸었다

새집으로 이사하며

인간은 땅에서 썩어질 운명을 안고
어머니의 몸에서 나옵니다
당혹스럽고 신들의 기억은 아직도
이른 아침 꿈에 스칩니다

이제 인간은 신에게 등을 돌리고
땅으로 향합니다.
자신의 고단한 삶의 시작과 끝을 생각하며
허무와 불안에 시달리면서도
부단히 애를 씁니다

집을 짓고, 집을 꾸미고
벽을 칠하고 장롱을 채웁니다
친구들과 잔치를 벌이고
현관 앞에는 사랑스런 꽃을 가꿉니다

목표를 향하여

언제나 목표도 없이 걸었다
결코 쉬어가려 하지 않았다
내 길은 끝이 없어 보였다

드디어 정신을 차리고 보니
나는 제자리에서 계속 맴돌고 있었다
그런 여행에 지쳐 버렸다
그날이 내 인생의 전환점이었다

이제 나는 머뭇머뭇 조심하며
목표를 향하여 걸음을 내딛는다
내 모든 여정에 죽음이 도사리고 있다가
손 내미는 걸 알기에

밤

촛불을 끄자
열린 창으로 밤이 흘러들어와
나를 부드럽게 감싸 안고
나를 친구로 형제로 삼아줍니다

우리 둘은 같은 향수병을 앓고 있습니다
우리는 뒤숭숭한 꿈을 쫓아 보내고
우리 아버지 집에서 살던
옛 시절을 속삭입니다

Heine

우리는 살아간다

우리는 형식과 허상 속에 살아간다
영원히 변치 않는 존재는
괴로움 속에서만 어렴풋이 느낄 뿐

우리는 거짓과 덧없는 것을 좋아한다
안내자 없는 맹인처럼
불안한 마음으로 이 땅에서
영원 속에나 있는 걸 찾으려 한다

우리는 공허한 꿈을 꾸며
영원한 행복과 구원을 바란다
그 꿈속에서는 우리가 신이 되어
창조의 시작에 관여한다

Heine

ist ein krankes Kind,
in meinen Locken

연주회

바이올린은 높고 가녀린 음으로 떨리고
호른은 나지막이 탄식한다
화려하고 풍성하게 빛나는 여인들 위로
조명이 반짝인다

가만히 눈 감으니
눈 속의 나무 한 그루 보인다
홀로 선 나무는 원하는 걸 가졌다
자신의 행복과 아픔을!

불안한 마음으로 연주회장을 나오니
내 뒤에서 소음이 멎는다
미지근한 환희, 미지근한 고통
도무지 아무런 감흥이 느껴지지 않는다

나는 눈 속의 나무를 찾는다
그가 가진 걸 나도 갖고 싶다
나 자신의 행복과 아픔을!
그것이 나의 영혼을 배부르게 하리라

늦은 시험

운명이 활짝 트인 삶에서
또다시 나를 거칠게 낚아채어
비좁은 궁지로 몰아넣는다
어둠과 곤궁에 빠트리고
내게 시험과 고난을 주려 한다

오래전에 이뤘다 생각했던 모든 것들
쉼, 슬기로움, 나이 들어 누리는 평화
후회 없는 삶의 고백
이 모든 게 정말로 내게 주어졌던 것들일까

아, 행복은 내 손에서 떨어져 나갔다
한 조각, 한 조각, 한 움큼, 한 움큼
밝고 즐거운 날들은 끝났다

세상과 내 인생은
파편으로 쪼개지고 폐허가 되었다

내 영혼의 뿌리에 깃든
이 반항심이 없었다면

Here

고통이 기쁨으로 변하리라는
이 믿음이 없었다면
나는 울면서 항복하고 말았으리라

시인들이 가진 이런 터무니없고
끈질기고 어린아이 같은 믿음,
높은 곳에서 모든 괴로움을 비추는
영원한 빛에 대한 이 믿음이 없었다면!

9월

정원이 슬픔에 잠겼다
비가 차갑게 꽃들 속으로 스미면
여름이 전율하며
조용히 자신의 마지막을 마주한다
높은 아카시아나무는
샛노란 나뭇잎을 하나씩 떨어트리고
여름은 스러져 가는 정원의 꿈에 잠겨
당혹스레 힘없는 미소를 짓는다
장미들 곁에 머물며
안식을 동경하던 여름은
그 크고 노곤한 눈을 서서히 감는다

일찍 찾아온 가을

시들어 가는 나뭇잎들은
이미 알싸한 냄새를 풍기고
밀밭은 수확이 끝나 텅 비었다
조만간 비바람 한번 들이치면
우리의 고단한 여름도 꺾이겠지

금작화 깍지들이 바스락거린다
우리가 손에 쥐고 있다고 여기는 모든 것이
아스라이 먼 옛이야기처럼 보이고
꽃들은 모두 길을 잃고 헤맨다

놀란 마음속에 소망이 자라난다
너무 사는 것에 집착하지 않았으면 좋겠다
시듦을 나무처럼 자연스레 겪어내면 좋겠다
가을에도 축제와 다채로운 빛깔이 있으면 좋겠다

Heine

기도

신이여, 내게 절망하게 하소서
하지만 당신에게는 절망치 않게 하소서
내가 저지른 과오의 온갖 비참함을 맛보게 하시고
모든 고통의 불꽃이 나를 핥게 하소서
나로 하여금 모든 수모를 견디게 하소서
나를 지켜 나가도록 돕지 마시고
내가 뻗어 나가도록 돕지 마소서

내 모든 자아가 산산이 부서졌을 때
그것이 당신의 손길이었음을 보여주소서
당신이 바로 그 불꽃들과 고통을
낳으셨음을 보여주소서
왜냐하면 나는 기꺼이 스러지고 죽겠지만
오직 당신 안에서만 죽을 수 있기 때문입니다

그는 어둑한 곳을 걸었다

그는 어둑한 곳을 즐겨 거닐었다
검은 수목들의 포개진 그늘은
그의 꿈들을 식혀주었다

그러나 그의 가슴은 빛을 향한
타오르는 갈망으로 괴로웠다

그는 알지 못했다
머리 위에 순수한 은빛 별이 가득한
맑은 하늘이 있다는 것을

나이 드는 것

젊어서 선한 일을 하는 것은 쉽다
모든 속된 것들과 거리를 두는 것도 어렵지 않다
그러나 심장이 멈출 준비를 하는데도
미소 지을 수 있는 건 연습이 필요하다

여전히 밝게 타오르는 사람,
두 주먹의 힘으로 세계의 양극을 구부려
합칠 수 있는 사람은
아직 늙은 것이 아니다

죽음이 저편에서 기다려도
멈춰 서지 말자
그곳을 향해 가자
죽음을 몰아내자

죽음은 이쪽이나 저쪽에 있지 않고
모든 길 위에 있으니
우리가 삶을 저버리자마자
그것은 우리 안에 자리할 것이다

편지

서풍이 불고
보리수가 몹시도 신음을 한다
달님은 나뭇가지 사이로
내 방을 들여다본다

나는 이제 막 나를 버리고 떠난
연인에게 보낼 긴 편지를 마쳤다
달님이 편지지를 비춘다

소리 없이 행 위를 지나는
그 고요한 빛에 내 마음 울컥해
잠도, 달님도, 밤 기도도 잊어버린다

밤에

이런 생각에 나는 종종 깨어난다
지금 서늘한 밤을 뚫고 배 한 척이
애타게 그리운 그곳으로,
대양을 가로질러 해안으로 향하겠지
지금 뱃사람들도 모르는 북극의 어느 곳에서는
붉은 오로라가 남몰래 타오르겠지
지금 아름다운 뭇 여인은 희고 따뜻한 팔로
사랑을 갈구하며 베개를 누르겠지
지금 나의 친구였던 누군가는
먼 바다에서 생의 마지막을 맞겠지
내가 어떤 사람인지 결코 알지 못했던 어머니는
지금 잠결에 내 이름을 부르겠지

11월

이제 모든 것은 스스로를
꽁꽁 싸매고 퇴색되어 간다
안개 낀 날들은 불안과 걱정을 배태하고
폭풍 치던 밤이 지나간 아침에는
사각사각 얼음 소리 들린다
세상은 죽음으로 가득하고 이별에 눈물짓는다
그대, 죽음과 복종을 배울지어다
누구나 죽는다는 사실은 거룩한 지식이니
죽음을 준비하라
그러면 황홀하게 더 높은 삶으로 옮겨가리라

잠자리에 들며

하루가 나를 지치게 하였으니
이제 나의 간절한 소망은
지친 아이처럼 별이 총총한 밤을
다정하게 받아들이는 것

손이여, 모든 하던 일을 멈추렴
이마여, 모든 생각을 잊어버리렴
나의 모든 감각은
이제 잠 속으로 가라앉는다

영혼은 누구의 감시도 받지 않고
자유로이 날갯짓하며 날아다니려 하고
밤이 만들어내는 마법의 원 안에서
마음껏 영원히 살고자 한다

Herve

쓸쓸한 밤

빈 병과 유리잔에
촛불이 아른거린다
방 안은 춥고
바깥에는 비가 내려
풀밭에 촉촉하게 스민다

이제 너는 다시 눈을 붙이려
시린 몸을 서럽게 누이겠지
아침이 오고, 저녁이 온다
아침과 저녁은 매번 찾아들지만
너는 영영 오지를 않는구나

시들어 가는 장미

많은 영혼들이 이를 알았으면
많은 연인들이 이를 배웠으면
감미롭게 속삭이며 스러져 가는 것을
황홀하게 흩날려 가는 것을
붉은 꽃잎들의 유희 안에서 소멸해 가는 것을
사랑의 향연에서 웃으며 멀어져 가는 것을
자신의 죽음을 축제로 만드는 것을
편안하게 육체에서 해방되는 것을
키스로 죽음을 들이켜는 것을

때때로

때때로 모든 것이
그릇되고 슬퍼 보입니다
연약하고 지친 우리들
괴로움 속에 누워 있을 때면
일어나는 감정마다 슬픔으로 변하고
모든 기쁨은 날개가 꺾입니다
멀리서 혹시 새로운 기쁨이
찾아와 주지는 않을까
간절히 귀를 기울입니다

하지만 어떤 기쁨도, 어떤 운명도
밖에서 우리에게 찾아들지는 않습니다
우리 신중한 정원사들은
자신의 존재에 귀 기울여야 합니다
그곳으로부터 꽃의 얼굴을 하고
새로운 기쁨이 자랄 때까지
새로운 힘이 솟아날 때까지

새로운 경험

다시 베일이 걷히고
가장 친숙했던 것들조차 낯설어진다
새로운 별들의 공간이 손짓하니
마음은 꿈에 젖어 쭈뼛대며 나아간다

다시 주변 세계는
새로운 원으로 정렬을 하고
대단히 뭔가 아는 줄로 착각했던 나는
어린아이가 되어 입장한다

하지만 먼저 살다 간 인생들로부터
예감이 어렴풋이 움튼다
별이 지고 별이 생겨났구나
공간은 결코 비어 있지 않았구나

마음은 머리를 조아리며 일어나
무한을 호흡하고
찢긴 실들로 더 아름답게
신의 옷이 지어진다

아프리카 맞은편에서

고향이 있다는 건 좋은 일이지
자기 집 지붕 아래서 꾸벅꾸벅 조는 시간은
얼마나 달콤한가
아이들, 정원, 강아지도 있지
그러나 방랑에서 돌아와 쉬기 무섭게
머나먼 곳이 새롭게 유혹한다

향수병을 앓는 게 더 나으리니
아련한 그리움을 안고 높은 별들 아래서
홀로 떠도는 것이 더 좋다
소유하고 쉼을 누리는 건
심장이 평온하게 뛰는 사람에게나 가능한 일이지
번번이 기대가 어긋난다 해도
방랑자는 짐을 짊어지고 길을 떠난다

진실로 고향 골짜기에서 평화를 누리는 것보다
모든 방랑의 고통이 더 가벼우리라
고향의 익숙한 기쁨과 걱정 안에 맴돌면서는
지혜로운 자만이 제 행복을 일굴 줄 알 것이다
나는 익숙하고 안락한 것에 스스로를 구속시키는 대신

Here

찾지 못하는 것을 계속 찾아다니는 것이 좋다
행복에 있어서도 나는 이 지상에서 손님일 뿐
결코 시민이 될 수 없기에

방랑자의 노래

파도가 넘실대고 물이 용솟음친다
해파리는 물결에 떠밀려 다니고
우리는 세상을 떠돌아다닌다
오직 방랑만이 우리 마음에 흡족하다
방랑을 해야 하기에 방랑하는 것이 아니라
방랑을 원하기에 방랑을 한다
덕을 세우기 위해 순례하는 자들은
방랑의 막강한 힘을 알지 못하리니
그 힘이 방랑을 즐기는 모든 이들 위에 떠돌며
그들을 인도하고 있다

10월

나무들마다 노랗고 붉게
아름다운 옷을 한껏 차려입었다
그들의 죽음은 경쾌하고
고통을 알지 못한다
가을아, 내 뜨거운 심장을 식혀주렴
내 심장이 좀 더 부드럽게 뛰며
고요히 황금빛 날들을 지나
겨울로 나아가도록

꿈

언제나 같은 꿈을 꾸네
밤나무엔 붉은 꽃 피고
정원엔 여름 꽃 가득 피었지
그 앞에 외로이 선 낡은 집 한 채

그곳 고요한 정원에서
내 어머니 나를 가만가만 흔들어 재워주셨지
아마도 이미 오래전에
정원도 집도 나무도 없어졌을 테지

지금은 들길이 나 있고
쟁기와 써레가 그 위를 지나겠지
고향, 정원, 집, 나무는 사라지고
내 꿈만 남았다네

4부

저녁 무렵의 집들

봄이 하는 말

아이들은 모두
봄이 무슨 말을 하는지 알아요
살아라, 자라라, 피어나라
희망하라, 사랑하라
기뻐하라, 새싹을 틔워라
너 자신을 내어주어라
그리고 삶을 두려워하지 마라

노인들은 모두
봄이 무슨 말을 하는지 알아요
늙은이여, 땅에 묻혀라
싱그러운 젊음에 자리를 비켜주어라
너 자신을 내어주어라
그리고 죽음을 두려워하지 마라

죽음이라는 형제

너 언젠가 내게도 찾아오겠지
너 나를 잊지 않을 터이니
그러면 고통은 끝나고
굴레는 끊기겠지
사랑하는 나의 형제, 죽음이여
너 아직은 낯설고 멀어 보이는구나
지금은 나의 고단함 위에
서늘한 별로 떠 있지만
너 언젠가 다가와
활활 불타오르겠지
오너라, 사랑하는 형제여
나 여기 있으니 나를 취하렴
나 너의 것이니

Heine

bei Nacht in seinem Bette ruht,
Rand des Dichters steht der Tod.

8월 말

이미 끝난 줄 알았는데
여름이 다시 한번 제 힘을 되찾는다
짧아진 날들에 농축된 빛을 발하고
구름 한 점 없는 하늘에서
이글대는 태양을 자랑한다

인간도 막바지에 저럴까
절망하여 뒤로 물러났다가
갑자기 다시 한번 파도에 몸을 싣고
남은 날들에 도약을 감행할지도 모른다

사랑에 스스로를 내어주든
뒤늦게 일에 투신하든
그의 행위와 욕망 안에서
생의 종말에 대한 깊은 지혜가
가을처럼 맑게 울려 퍼진다

ein krankes Kind,

deinen Lettern fürst,

Lettres sucht den Tod.

북쪽에서

무얼 꿈꾸는지 말해줄까?
햇살 고요히 내리쬐는 빛나는 언덕
짙은 수목들이 빼곡한 숲
노르스름한 바위들 그리고 하얀 집들

계곡에 안긴 도시
하얀 대리석 성당이 있는 도시 하나가
나를 향해 멀리서 반짝인다
그 도시의 이름은 바로 피렌체!

좁은 골목에 둘러싸인
어느 오래된 정원에서는
내가 두고 온 행복이
아직도 나를 기다리고 있을 테지

회상

비탈에는 히스 꽃이 피어 있고
금잔화는 갈색 빗자루 안에서 살짝 내다봅니다
오월의 숲이 얼마나 연한 초록빛이었는지
오늘 누가 알까요

지빠귀 노래와 뻐꾸기 울음이 어떠했는지
오늘 누가 알까요
그토록 매혹적인 소리가
이제는 잊히고 잠잠해졌습니다

숲속의 여름 저녁 축제를,
산 위에 뜬 보름달을
누가 기록하고, 기억으로 붙들어 놓았을까요
모든 것이 산산이 흩날려 사라지고 없습니다

곧 그대와 나에 대해서도
아는 사람이나 말하는 사람이 없을 것입니다
이 자리에는 다른 사람들이 와서 살고
아무도 우리를 그리워하지 않을 것입니다

우리는 저녁 별을,
그리고 첫 안개를 기다립니다
우리는 신의 커다란 정원에서
기꺼이 피었다가 질 것입니다

아름다운 오늘

내일, 내일은 어떻게 될까
슬픔, 걱정, 빈약한 기쁨
무거운 머리, 다 마셔버린 포도주
살아야 한다, 아름다운 오늘을!

빠르게 흐르는 시간은
영원한 원무를 돌지라도
이 잔 가득 들이켜는 술이
나의 것임은 변함없으니

나의 방종한 젊음의 불꽃이
지금 높이 불타오른다
내 손을 쥔 죽음아
기어이 나를 제압하려느냐

여름밤

한바탕 쏟아진 소나기에
나무는 빗물을 뚝뚝 떨어뜨린다
젖은 잎사귀에는 서늘한 달빛 다정하게 반짝이고
저 멀리 쉼 없이 흐르는 냇물 소리
골짜기를 울린다

지금 농가에선 개들이 짖는다
오, 여름밤 구름에 반쯤 가린 별들아
너희들의 희미한 궤도 위에서
내 가슴은 여행에 취해
먼 곳으로 달려간다

Here

플루트 연주

깜깜한 밤, 덤불과 나무 사이로 보이는
어느 집 창에서 은은한 불빛이 새어나온다
보이지 않는 그 방에서
누군가 서서 플루트를 불고 있다

모두가 아는 옛 노래가
그윽하게 깜깜한 밤으로 흘러나오자
모든 땅이 고향인 듯하고
모든 길이 끝에 다다른 듯하다

연주자의 호흡 속에
세계의 비밀스런 뜻이 계시되고
심장은 기꺼이 자신을 내어준다
모든 시간이 현재가 된다

운명의 날들

흐린 날이 어슴푸레 밝아오자
세상은 차갑고 적대적인 눈빛을 보내옵니다
그대는 겁에 질렸고 믿을 건 오직 자신뿐입니다

그러나 옛 기쁨의 땅으로부터
추방당한 뒤 그대의 믿음은
새로운 낙원으로 향합니다

낯설고 위협적으로 여겨지던 것이
그대의 본질임을 알아차린 뒤에는
운명을 새로운 이름으로 부르고
받아들입니다

그대를 죽일 것만 같았던 것이
실상은 다정한 생기를 불어넣어 줍니다
그것은 그대를 높은 곳으로
더 높은 곳으로 인도하는
인도자이자 메신저입니다

Herr

Meine Liebe ist ein krankes Kind,
bei Nacht in meinem Bette sitzt,

Hand des Lebens steht der Tod.

저녁 무렵의 집들

늦은 오후 비스듬히 비쳐드는 노을 속에서
옹기종기 모여 앉은 집들이 고요히 타오릅니다
깊고 그윽한 빛깔 속에서
하루를 마감하는 시간이 기도처럼 피어납니다

집들은 언덕에서 서로 친근하게
몸을 기댄 채 형제자매가 되어 자랍니다
소박하고 오래된 집들은
배우지 않고도 누구나 부를 수 있는
노래를 닮았습니다

오래된 벽, 회칠, 비스듬한 지붕들
가난과 긍지, 영락과 행복
집들은 여리고 부드럽고 그윽하게
그날의 빛을 반사해 줍니다

슈바르츠발트

겹겹이 쌓인 언덕은
기이한 아름다움을 뽐내고
어둑한 산들과 밝은 초원,
붉은 바위와 갈색 계곡에는
전나무 그늘이 베일처럼 드리워진다

그 위로 탑의 경건한 종소리와
전나무 숲의 거센 바람 소리가 섞이면
나는 오랫동안 귀를 기울인다

그럴 때면 난롯가에서
밤마다 읽었던 옛이야기처럼
이곳이 내 집이었던 날들의
기억이 밀려온다

그 시절, 먼 하늘은 더 숭고하고 부드러웠으며
전나무가 화환처럼 둘러싼 산들은
어린 내 눈에 더 큰 환희와 풍요로 빛났다

저녁이면

저녁이면 연인들은 천천히
들판을 거닙니다
여자들은 묶었던 머리를 풀고
상인들은 돈을 셉니다
시민들은 불안스레
석간신문을 읽습니다
아이들은 조그마한 주먹을 쥐고
곤히 깊은 잠을 잡니다
모두가 자기에게 옳은 일을 하고
고귀한 의무를 따릅니다
젖먹이, 시민, 연인들─
나도 그렇지 않을까요?

그래요!
내가 꼬박꼬박 하는 저녁 활동도
세계정신에 합당하고
나름의 의미가 있습니다
그리하여 나는 왔다 갔다 거닐며
마음속으로 춤을 추고
시답지 않은 유행가를 부르고

신과 나 자신을 찬양하고
포도주를 마시고
고위 관리가 된 나를 공상합니다
아랫배에 불안을 느끼면서도
나는 미소 지으며 더 마시고
내 마음속 생각이 옳다고 말합니다
(아침에는 그게 안 됩니다)
과거의 아픔들을 엮어
유희 삼아 시를 씁니다
달과 별이 떠가는 것을 올려다보고
그 의미를 생각하며
그들과 더불어 여행을 합니다
그곳이 어디라도요

바람 세찬 6월 어느 날

세찬 바람에 호수는 유리처럼 굳고
가파른 비탈에서는
잔풀들이 은빛으로 나부낀다
물떼새들은 애처롭고 겁에 질린 소리로
공중에서 비명을 지르며
들쑥날쑥 갈지자 곡선을 그린다
강 저편에서는 낫질 소리와
그윽한 풀 냄새가 실려온다

이별을 하며

아, 기약 없는 이별을 하였습니다
어긋난 운명에 쓰라린 마음만 가득합니다
다시 소생 못할 장미는 짙은 향기를 풍기며
손 안에서 시들어 가고
실의에 잠긴 마음은 어둠과 잠을 갈구합니다

그러나 하늘에는 변함없이 별들이 떠 있습니다
우리는 언제나 저 별들을 따릅니다
원치 않을 때라도!
우리의 운명은 빛과 어둠을 통과해
저 별들로 나아갑니다
기꺼이 그들에게 복종합니다

친구의 부고를 듣고

덧없는 것은 빠르게 시든다
시들어 버린 세월은 빠르게 흩날려 간다
영원할 것 같아 보이는 별들이
조롱하듯 바라본다

우리 안의 영혼만이
비웃지도 않고 아파하지도 않고
가만히 그 유희를 지켜본다
영혼에게는 무상한 것과 영원한 것이
똑같이 중요하고 똑같이 부질없다

그러나 마음은 거역하고
사랑으로 불타오르다 시든 꽃 되어
끝없는 죽음의 부름에
끝없는 사랑의 부름에
몸을 맡긴다

밤비

빗소리 들으며 잠들었는데
빗소리에 잠이 깼네요
지금도 들리고 느껴져요
쏴아아 내리는 빗소리가 이 밤을 채웁니다
속삭이는 듯, 웃는 듯, 신음하는 듯
축축하고 서늘한 목소리들의 합창 소리
부드럽게 흐르는 빗소리의 향연에
매혹되어 귀를 기울입니다

햇볕 쨍쨍하던 날들의
딱딱하고 마른 소리가 떠난 자리에서
부드럽게 탄식하는 빗소리는
어찌나 은밀한 외침인지
어찌나 행복한 애태움인지

아무리 까칠하고 교만해 보여도
마음 깊은 곳에서 이렇게
어린아이 같은 기쁨이 흐느끼고
사랑스런 눈물의 샘이 터집니다
흐르고 울고 속박을 풀어

Herve

참았던 말을 할 수 있게 하고
새로운 행복과 괴로움에 길을 터주며
마음을 넓혀줍니다

봄

어둑한 무덤 속에서
나는 오래도록 꿈을 꾸었다
너의 나무들과 푸른 공기를,
너의 향기와 새들의 노랫소리를!
이제 너는 문을 열었다
예쁘게 치장하고 빛을 발하며
쏟아지는 햇살을 받으며
기적처럼 내 앞에 펼쳐졌다
너는 나를 다시 알아보고
나를 부드럽게 유혹한다
너의 행복한 현존에
나의 온몸이 떨려온다

4월의 밤에 쓰다

오, 색깔이 있네
파랑, 노랑, 하양, 빨강, 초록

오, 소리가 있네
소프라노, 베이스, 호른, 오보에

오, 언어가 있네
어휘, 시구, 운율, 부드러운 울림, 문장의 행진과 춤

색깔과 소리와 언어로 유희하는 자
그들의 마법을 맛본 자
그에게 세상은 피어나리니
그에게 세상은 미소 짓고
자신의 속내를, 그 뜻을 내보이리라

그대가 사랑하고 추구했던 것
그대가 꿈꾸고 경험했던 것
그것이 기쁨인지 고통인지 여전히 확신하는가
솔 샤프와 라 플랫, 미 플랫 혹은 파 샤프―
이것들을 구분해 들을 수 있는가

우리의 꿈의 세계

밤이면 꿈속에 보이는 도시들과 사람들,
기괴한 형상들, 허공에 떠 있는 건물들
너는 알 거야
모두가 영혼의 어두운 방에서 올라온다는 걸
너의 이미지, 너의 작품, 너 자신의 것,
너의 꿈이라는 걸

낮이면 도시와 골목을 거닐며
구름을 보고 이런저런 얼굴들을 보렴
너는 놀라고 깨닫게 될 거야
모두가 너의 것이고
너는 그것들을 노래하는 시인이라는 걸
모든 것이 너의 섬세한 감각 앞에서
백 번이나 살아나고 어지러이 떠다닌다는 걸
그래, 모든 것이 너의 것, 네 안에 있는 거야
너의 영혼이 시소처럼 흔들어 대는 꿈이야

너 자신을 뚫고 나와 계속 활보하며
때로는 너 스스로를 좁히기도 하고 넓히기도 하지
너는 연사이자 청중이고

창조자이자 파괴자야
오래전에 잊힌 마법의 힘들이
신성한 거짓을 만들어내고
측량할 수 없는 그 세계가
너의 호흡으로 살아갈 거야

휘파람

나는 피아노와 바이올린을 정말 좋아하지만
그 악기들을 다루어볼 기회는 없었다
이제껏 분주히 쫓기며 살다 보니
내겐 휘파람 기술을 익힐 정도의
시간만이 겨우 허락되었다

예술은 길고 우리의 인생은 짧으니
아직 스스로를 휘파람의 대가라
부를 주제는 아니지만
휘파람의 묘미를 모르는 이들을 보면 못내 안쓰럽다
나는 휘파람에게 받은 것이 많으므로

그래서 오래전부터 속으로 마음을 먹었다
이 기예를 조금씩 더 키워가겠노라고
마침내 나를, 당신들을 그리고 세상을
휘파람 불듯 날려버리는 데까지 이르겠노라고

불꽃

누추한 옷을 입고 춤을 추거나
걱정으로 마음이 짓물러도
그대는 매일 새롭게 기적을 경험할지니
생명의 불꽃이 그대 안에서 꺼지지 않고 빛나리라
어떤 이들은 황홀한 순간에 취해
불꽃을 마구 타오르게 하며 낭비하지만
어떤 이들은 세심하고 평온하게
자녀와 손자들에게 불꽃을 전달하리라
하지만 답답하고 흐릿한 인생길을 걷는 자
그날의 괴로움으로 배를 불리는 자
생의 불꽃을 결코 느끼지 못하는 자
이들의 날들은 잃어버린 것이라네

잘 있거라, 세상아

세상이 산산조각 나 버렸다
한때는 우리가 그토록 사랑했던 세상이건만
이제 우리에게는 죽음도
그리 놀랍지 않다

세상을 모욕해서는 안 되리라
세상은 다채롭고 요란하며
태곳적 마법이 아직도 아른거린다

감사히 작별하리라
세상은 우리에게 쾌락과 고통을 주었고
많은 사랑도 안겨주었으니
그 거대한 유희로부터 이제는 벗어나리라

잘 있거라, 세상아
다시 젊고 멋지게 너를 가꾸어라
우리는 네가 준 행복과 슬픔으로
실컷 배가 불렀으니

매일 저녁

매일 저녁 그대는 하루를 돌아보아야 하리라
그 하루가 신의 마음에 들었을지
기꺼이 본분을 다하고 성실했는지
회한과 걱정 속에서 풀죽어 지내지는 않았는지
사랑하는 이들의 이름을 하나하나 호명하며
고요히 미움과 불의를 고백하고
모든 잘못을 부끄러워해야 하리라
어떤 그늘도 잠자리에는 데려가지 말아야 한다
모든 걱정을 멀리 떨어뜨려 놓고
마음이 어린아이처럼 쉬게 해야 하리라

그런 뒤에는 정화된 마음으로 편안하게
가장 사랑하는 것들을 기억해야 하리라
그대의 어머니, 그리고 어린 시절을
보라, 이제 그대는 깨끗하게 씻겨
금빛 꿈 다정하게 손짓하는 샘에서
시원한 단잠의 샘물을 깊이 들이켤 준비가 되리라
명료한 감각으로 승자와 영웅으로서
새로운 날을 시작할 준비가 되리라

쉼 없이

영혼아, 너 불안한 새야
너는 늘 이런 질문을 던진다
그토록 오래 힘든 날들을 지나왔는데
언제 평화가 오는지
언제 안식이 깃드는지

아, 나는 알고 있지
우리가 땅속에서 고요한 날을 맞는 순간
새로운 갈망이 너의 모든 소중한 날들을
괴로움으로 바꾸리라는 것을

안식을 찾는 바로 그 순간
새로운 고통을 얻기 위해
몸부림치게 되리라는 것을
그렇게 애태우며 철없는 별이 되어
그 공간을 뜨겁게 달구리라는 것을

당신을 사랑하기에

당신을 사랑하기에
설레는 마음 주체하지 못해
밤에 당신에게 가서 귓속말을 건넸습니다
그러고는 영영 나를 잊지 못하게
당신의 마음을 훔쳐왔지요

좋을 때든, 안 좋을 때든
당신의 마음 늘 내 곁에 있어
온전히 나의 것이 되었습니다
제 아무리 천사라도
주체하지 못하고 타오르는 내 사랑으로부터
당신을 구제할 수는 없을 거예요

밤의 느낌

내 마음을 밝히는
푸르른 밤의 위력에
갑작스레 구름이 열리니
그 틈을 뚫고 깊은 곳에서
달과 별들의 세계가 쏟아져 나온다

어슴푸레한 별 안개 속에서
밤이 하프를 타니
영혼은 활활 타올라
제 무덤으로부터 빛을 발한다

그 부름이 있은 이래
근심은 날아가고 괴로움은 작아진다
내일은 내가 이곳에 없을지 몰라도
오늘은 나 여기 있으니!

영혼아, 슬픔일랑 그만 내려놓아라,
비록 태양이 여전히 우리를 속일지라도!
보아라, 들의 농부들도 활기를 띠며
다시 즐거워하지 않느냐.

_헤르만 헤세

헤르만 헤세

1877년 독일 남부 뷔르템베르크의 칼프에서 태어났다. 아버지 요하네스 헤세는 목사였고, 어머니 역시 독실한 신학자 가문 출신이라 기독교적 분위기 속에서 어린 시절을 보냈다. 1890년 라틴어 학교에 입학했고, 이 듬해 마울브론 신학교에 들어갔지만 속박이 심한 기숙사 생활을 못 견디고 뛰쳐나와 방황을 거듭했다. 이 시기에 "시인 말고는 그 어떤 것도 되고 싶지 않다."라고 결심하였으며, 공장 견습공, 서점 직원 등을 전전하면서 본격적으로 문학에 심취하였고, 여가 시간에 시와 글을 쓰기 시작했다. 특히 낭만주의 문학에 심취해 1899년 22세 때 첫 시집 《낭만적인 노래》를 자비 출간했다. 1904년 첫 장편소설 《페터 카멘친트》를 출간하여 문학적 지위를 얻었다. 그해에 피아니스트 마리아 베르누이와 결혼했으며, 스위스 접경 지역의 가이엔호펜이라는 작은 마을에 정착해서 시, 단편소설, 산문 등 다수의 작품을 집필했다. 그러나 안락한 생활에 권태를 느끼고 집을 떠나 인도와 스리랑카, 유럽 등지로 방황을 거듭했다. 인도 여행을 통해서는 동양에 대한 관심이 깊어졌고, 작품에도 깊은 영향을 끼친 바 있다. 제2차 세계대전 중에는 나치스의 광적인 폭정에 저항하고 독일 국민에게 평화를 호소하는 글을 쓰기도 했다. 주요 작품으로 《수레바퀴 밑에서》《게르트루트》《크눌프》《데미안》《싯다르타》《나르치스와 골드문트》《유리알 유희》 등이 있다. 1946년 노벨문학상을 수상했다.

유영미 옮김

연세대학교 독문과와 동 대학원을 졸업하고, 전문 번역가로 활동하고 있다. 옮긴 책으로 《왜 세계의 절반은 굶주리는가》《감정사용설명서》《가문비나무의 노래》《불확실한 날들의 철학》《예민함이라는 무기》《부분과 전체》《혼자가 좋다》《불행 피하기 기술》 등이 있다.

쓰는 기쁨
헤르만 헤세 시 필사집

슬퍼하지 말아요, 곧 밤이 옵니다

초판 1쇄 발행 2024년 1월 20일
초판 3쇄 발행 2024년 8월 22일

지은이 | 헤르만 헤세
옮긴이 | 유영미
펴낸이 | 한순 이희섭
펴낸곳 | ㈜도서출판 나무생각
편집 | 양미애 백모란
디자인 | O-H-! 박민선
마케팅 | 이재석
출판등록 | 1999년 8월 19일 제1999-000112호
주소 | 서울특별시 마포구 월드컵로 70-4(서교동) 1F
전화 | 02)334-3339, 3308, 3361
팩스 | 02)334-3318
이메일 | book@namubook.co.kr
홈페이지 | www.namubook.co.kr
블로그 | blog.naver.com/tree3339

ISBN 979-11-6218-278-9 03850